CONTOS DA MINHA RUA

Este livro pertence a:

_____

_____

Elsa Bornemann

UM ELEFANTE OCUPA MUITO ESPAÇO E OUTROS CONTOS

Ilustrações de Cláudia Scatamacchia

Tradução de Monica Stahel

Martins Fontes
São Paulo 2001

Esta obra foi publicada originalmente em espanhol com o título
UN ELEFANTE OCUPA MUCHO ESPACIO, por
Grupo Editorial Norma, Buenos Aires.
Copyright © 1975 Elsa Bornemann.
Copyright © 2001, Livraria Martins Fontes Editora Ltda.,
São Paulo, para a presente edição.

1ª edição
fevereiro de 2001

Tradução
MONICA STAHEL

Revisão gráfica
Ivete Batista dos Santos
Lilian Jenkino
Produção gráfica
Geraldo Alves
Paginação/Fotolitos
Studio 3 Desenvolvimento Editorial

Dados Internacionais de Catalogação na Publicação (CIP)
(Câmara Brasileira do Livro, SP, Brasil)

Bornemann, Elsa
 Um elefante ocupa muito espaço e outros contos / Elsa Bornemann ; ilustrações de Cláudia Scatamacchia ; tradução de Monica Stahel. – São Paulo : Martins Fontes, 2001. – (Contos da minha rua)

Título original: Un elefante ocupa mucho espacio.
ISBN 85-336-1363-6

1. Contos – Literatura infanto-juvenil I. Scatamacchia, Claudia. II. Título. III. Série.

01-0501   CDD-028.5

Índices para catálogo sistemático:
1. Contos : Literatura infantil   028.5
2. Contos : Literatura infanto-juvenil   028.5

Todos os direitos para o Brasil reservados à
Livraria Martins Fontes Editora Ltda.
Rua Conselheiro Ramalho, 330/340
01325-000 São Paulo SP Brasil
Tel. (11) 239-3677 Fax (11) 3105-6867
e-mail: info@martinsfontes.com
http://www.martinsfontes.com

Contos da Minha Rua

Elsa Bornemann nasceu na Argentina. Recebeu muitos prêmios de literatura infantil: Faixa de Honra da Sociedad Argentina de Escritores, Quadro de Honra do prêmio Hans Christian Andersen, prêmio São Francisco de Assis e distinções do Banco del Libro da Venezuela, da Biblioteca Internacional da Juventude da Alemanha e muitas outras de igual importância.

Cláudia Scatamacchia é de São Paulo. Seus dois avós eram artesãos. Cláudia já nasceu pintando e desenhando, em 1946. Quando criança, desenhava ao lado do pai, ouvindo Paganini. Lembra com saudade as três tias de cabelo vermelho que cantavam ópera. Lembra com respeito a influência do pintor Takaoka sobre sua formação. Cláudia recebeu vários prêmios como artista gráfica, pintora e ilustradora. São dela o projeto gráfico e as ilustrações deste livro.

Monica Stahel nasceu em São Paulo, em 1945. Formou-se em Ciências Sociais, pela USP, em 1968. Na década de 70 ingressou na área editorial, exercendo várias funções ligadas à edição e produção de livros. Durante os doze anos em que teve nesta editora, como tarefa principal, a avaliação de traduções e edição de textos, desenvolveu paralelamente seu trabalho de tradutora, ao qual hoje se dedica integralmente.

ÍNDICE

Um elefante ocupa muito espaço   11

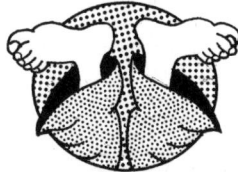
Caso Gaspar   19

Uma trança muito comprida...   25

Pablo   33

Quando os espelhos falam   41

 A Travessa do Ganso 47

 Neblina voadora 53

 No colo 59

 Conto gigante 67

 A madrasta 75

 O ano verde　　83

 Onde se contam as façanhas do Come-sol　　89

 Potranca negra　99

 A casa-árvore　103

 História com carícia　109

*Para minhas irmãs Hilda e Margarida,
como quando crescíamos sob o sol do jardim
da nossa casa, ao mesmo tempo que os
quero-queros, os pinheiros e o pé de louro.*

Um elefante ocupa muito espaço

Que um elefante ocupa muito espaço todo o mundo sabe. Mas que o Vítor, um elefante de circo, certa vez resolveu pensar "elefantemente", isto é, ter uma idéia tão enorme quanto o corpo dele... ah... isso alguns não sabem, e por isso vou contar. Verão. Os domadores dormiam em suas carroças, enfileiradas de um lado da lona imensa. Os animais estavam acordados, confusos. Não era para menos: cinco minutos antes, o louro tinha voado de jaula em jaula comunicando a notícia inquietante.

O elefante tinha declarado greve geral e propunha que ninguém trabalhasse no espetáculo do dia seguinte.

— Ficou louco, Vítor? — perguntou o leão, enfiando o focinho entre as grades da sua jaula. — Como se atreve a dar uma ordem como essa sem me consultar? O rei dos animais sou eu!

A risadinha do elefante se esparramou como papel picado na escuridão da noite:

— Ha. O rei dos animais é o homem, companheiro. E principalmente aqui, tão longe das nossas selvas...

— Do que está se queixando, Vítor? — interrompeu um ursinho, gritando da sua prisão. — Por acaso não são os homens que nos dão teto e comida?

— Você nasceu debaixo da lona do circo — respondeu Vítor, com doçura. — Foi criado com mamadeira, pela mulher do domador... Só conhece o país dos homens e ainda não pode entender a alegria da liberdade...

— Pode-se saber para que vamos fazer greve? — grunhiu a foca, gingando nervosa de um lado para outro.

— Finalmente uma boa pergunta! — exclamou Vítor, entusiasmado.

E aí ele explicou aos companheiros que eles eram prisioneiros... que trabalhavam para o dono do circo encher os bolsos de dinheiro... que eram obrigados a executar acrobacias ridículas para divertir as pessoas... que eram forçados a imitar os homens... que não deviam tolerar mais humilhações, e patati e patatá (e patati foi a sugestão de fazer os homens entenderem que os animais queriam voltar a ser livres... E patatá foi a ordem de greve geral...).

— Bah... Bobagem... — zombou o leão. — Como você acha que vai se comunicar com os homens? Por acaso algum de nós fala a língua deles?

— Fala — garantiu Vítor. — O louro vai ser o nosso intérprete.

E, enroscando a tromba na grade da jaula, ele a entortou e saiu sem dificuldade. Em seguida, foi abrindo as jaulas dos companheiros, uma depois da outra. Num instante estavam todos perambulando em volta das carroças. Até o leão!

Os primeiros raios de sol espetavam como abelhas zumbidoras a pele dos animais quando o dono do circo se espreguiçou diante da janela de sua casa de rodas. O calor parecia cortar o ar numa infinidade de linhas cor-de-laranja... (Os animais nunca souberam se foi por isso que o dono do circo pediu socorro e depois desmaiou, assim que pisou no gramado...).

Imediatamente os domadores apareceram para ajudá-lo.

— Os animais estão soltos! — eles gritaram em coro, antes de correr em busca dos chicotes.

— Pois agora vão usar isso aí para espantar

as moscas! — comunicou-lhes o louro, logo que os domadores os rodearam, dispostos a trancá-los de novo.

— Não vamos mais trabalhar no circo! Greve geral, decretada por nosso representante, o elefante!

— Que disparate é esse? Já para as jaulas! — e os chicotes assobiaram, ondulando ameaçadores.

— Para as jaulas vocês! — grunhiram os orangotangos. E na mesma hora avançaram para cima dos homens e os prenderam. Esperneando, furioso, o dono do circo foi o que mais resistiu. Por fim, também ele foi ver o tempo passar de trás das grades.

Aquela tarde, as pessoas que foram comprar ingresso encontraram as bilheterias lacradas por grandes cartazes que diziam: CIRCO TOMADO PELOS TRABALHADORES. GREVE GERAL DOS ANIMAIS.

Enquanto isso, Vítor e seus companheiros tentavam adestrar os homens.

— Andem de quatro e saltem por esses aros de fogo!

— Mantenham o equilíbrio apoiados na cabeça!

— Não usem as mãos para comer!

— Zurrar! Miar! Piar! Latir! Rugir!

— Chega, por favor, chega! — gemeu o dono do circo ao terminar a volta número duzentos em torno da lona, andando com as mãos. — Nós nos rendemos! O que vocês querem?

O louro pigarreou, tossiu, tomou uns golinhos de água e então pronunciou o discurso que o elefante lhe tinha ensinado:

— ... De modo que isso não, aquilo também não, aquilo outro nunca mais, e não é justo, e patati e patatá... porque... ou vocês nos mandam de volta para nossas amplas selvas... ou vamos inaugurar o primeiro circo de homens animalizados, para diversão dos gatos e dos cães da vizinhança. Tenho dito.

Aquele fim de semana as câmeras de televisão transmitiram um espetáculo incomum: no aeroporto, cada um levando sua passagem entre os dentes (ou no bico, no caso do louro), todos os animais formaram fila diante do portão de embarque com destino à África.

Claro que o dono do circo teve que contratar dois aviões: num viajaram os tigres, o leão, os orangotangos, a foca, o ursinho e o louro; o outro foi só para o Vítor... porque todos nós sabemos que um elefante ocupa muito, muito espaço...

Caso Gaspar

Cansado de percorrer a cidade com sua valise nas costas até vender — pelo menos — doze toalhas por dia, farto de gastar solas e de tanto usar os pés, Gaspar resolveu andar apoiado nas mãos. A partir desse momento, passou todos os feriados do mês fechado no sótão de sua casa, treinando posições diante de um espelho enorme. No início, foi muito difícil manter-se equilibrado com as pernas para cima, mas depois de muito tentar o bom rapaz conseguiu andar de ponta-cabeça com uma habilidade espantosa. Então empenhou-se em aprender a se deslocar segurando a valise com qualquer um dos pés descalços.

Logo conseguiu e sua habilidade o animou.

— A partir de hoje, nada de sapatos! Vou sair para vender minhas toalhas andando com as mãos! — exclamou Gaspar certa manhã, enquanto tomava café.

E dito e feito! Lá se foi ele para sua jornada de trabalho andando apoiado nas mãos.

A vizinha varria a calçada quando o viu sair. Gaspar a cumprimentou ao passar, tirando o chapéu respeitosamente.

— Bom dia, dona Ramona. Como vão seus canários?

Mas, como a mulher ficou boquiaberta, o rapaz colocou de novo o chapéu e virou a esquina.

Para não se cansar, pendurava a valise com as toalhas ora no pé esquerdo, ora no pé direito, enquanto fazia complicadas contorções para alcançar as campainhas das casas sem ficar em pé.

Infelizmente, apesar do entusiasmo, aquela manhã ele não vendeu nem uma toalha.

Ninguém confiava naquele vendedor que se apresentava andando com as mãos!

"Estão me rejeitando porque sou o primeiro que ousa mudar o costume de andar com as pernas... Se soubessem como é diferente o mundo visto dessa maneira, todos me imitariam... Paciência... Vou acabar impondo a moda de andar com as mãos...", pensou Gaspar, e se preparou para atravessar uma avenida muito larga.

Antes nunca tivesse feito aquilo. Já era meio-dia... Os carros circulavam quase grudados uns nos outros. Centenas de pessoas transitavam apressadas de um lado para o outro.

— Cuidado! Um louco solto! — gritaram

em coro ao ver Gaspar. O rapaz ouviu divertido e continuou atravessando a avenida apoiado nas mãos, todo orgulhoso.

— Louco, eu? Bah, que idéia!

Mas imediatamente as pessoas se aglomeraram em volta dele e os veículos o deixaram tonto com suas buzinas, tentando desfazer o engarrafamento que ele tinha provocado com aquele jeito estranho de andar.

Num instante, três guardas o cercaram.

— Está preso — afirmou um deles, pegando-o pelos joelhos, enquanto os outros dois se comunicavam por rádio com a Central de Polícia.

Pobre Gaspar! Um camburão o levou até a delegacia mais próxima e lá ele foi interrogado por inúmeros policiais.

— Por que está andando com as mãos? Isso é muito suspeito! O que está escondendo nas luvas? Confesse! Fale!

Aquele dia, os ladrões da cidade assaltaram os bancos com absoluta tranqüilidade, pois toda a polícia estava ocupadíssima com o "Caso Gaspar — indivíduo suspeito que anda com as mãos".

Apesar de não saber o que fazer para sair daquela situação difícil, o rapaz mantinha a calma e — coisa surpreendente! — continuava se equilibrando sobre as mãos, diante do olhar furioso dos policiais que o vigiavam.

Finalmente, teve a idéia de perguntar:

— É proibido andar apoiado nas mãos?

O chefe de polícia engoliu em seco, repetiu a pergunta ao delegado número 1, o delegado número 1 a transmitiu ao número 2, o número 2 ao número 3, o número 3 ao número 4... Num instante toda a Central de Polícia estava se perguntando: É proibido andar apoiado nas mãos? E, por mais que eles procurassem em pilhas de livros, durante horas, não encontraram essa proibição. Não senhor. Não existia nenhuma lei que proibisse andar com as mãos, e também nenhuma que obrigasse a andar exclusivamente com os pés!

Foi assim que Gaspar recuperou a liberdade de fazer o que quisesse, sempre que não incomodasse os outros com sua conduta.

Radiante, ele voltou a sair andando com as mãos. E lá deve estar ele na rua, de luvas, chapéu e valise, oferecendo toalhas em domicílio...

E andando com as mãos!!!

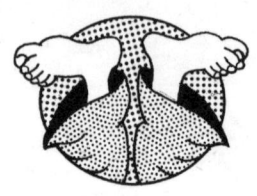

Uma trança muito comprida...

Nunca tinham cortado o cabelo dela. Nem mesmo para aparar as pontas. Margarida não queria. Por isso ele era tão comprido. Compridíssimo.

Sua trança preta chegava a dar a volta no quarteirão.

Quando Margarida dormia, a trança atravessava o quarto, passava pela sala, chegava ao terraço e — do terceiro andar do prédio — caía até a rua, saindo pela janela, que ficava aberta de propósito.

Para se pentear, Margarida viajava uma vez por semana até o campo, com a mãe, o pai, a avó e as duas irmãs mais velhas.

Lá, sobre o amplo verde, desmanchavam sua trança.

Depois a penteavam por turnos, para não se cansarem. A mãe cuidava dos primeiros metros; depois era a avó, que desembaraçava mais alguns metros. Em seguida vinham as irmãs, sempre protestando, porque achavam a tarefa muito chata. Finalmente, o pai penteava os últimos metros do cabelo da filha caçula.

Certa vez, em pleno trabalho de pentear a menina, eles foram surpreendidos por um vento forte. Então o cabelo de Margarida se levantou, abrindo-se num leque.

— Uma nuvem negra! — gritaram os camponeses. — Tempestade!

Pássaros, libélulas, borboletas, gafanhotos e joaninhas se enredavam. Longe de se preocupar, Margarida estava contente:

— Meu cabelo está cantando! — dizia, ao ouvir os passarinhos piando no meio dele. — Minhas fivelas são as mais bonitas! — afirmava, ao se ver enfeitada por tantas joaninhas.

— Precisamos cortar o cabelo dela! — exclamavam a mãe, o pai e a avó.

— Bem curto! — acrescentavam as irmãs.

Uma outra vez, seu cabelo solto na noite campestre se encheu de vaga-lumes e foi preciso esperar o dia seguinte para trançá-lo...

Era lindo de ver! Parecia um retalhinho da própria noite, bordado de estrelinhas!

O problema maior aconteceu na manhã em que Margarida teve que ir à escola pela primeira vez.

— Vamos ter que cortar o seu cabelo! — as irmãs lhe disseram, rindo.

Elas estavam com um pouquinho de inveja, é claro. A mais velha tinha cabelinhos castanhos que mal lhe chegavam ao ombro... A do meio, uns cachinhos presos numa coroinha loira...

Nenhuma das duas conseguia deixar o cabelo crescer tanto como o da caçula...

A mãe tentou encontrar uma solução sem lhe cortar o cabelo.

— Vou prender sua trança num rolo, Margarida — ela disse aquela manhã.

— Mãos à obra! — exclamou a avó.

E, cada uma pegando vários metros da trança, começaram a girar em volta da menina até formar um rolo enorme em cima da cabeça dela.

Ai! Era tão pesado que Margarida não conseguia se mexer...

Ai! Era tão alto que Margarida não conseguia sair de casa... O rolo chegava até o teto!

Então Margarida teve uma boa idéia: chamou todos os amiguinhos por telefone e ficou esperando que eles fossem buscá-la.

Enquanto isso, a mãe, a avó e as irmãs dela trabalhavam desmanchando o rolo de cabelo.

Em meia hora, a trança negra estava em liberdade.

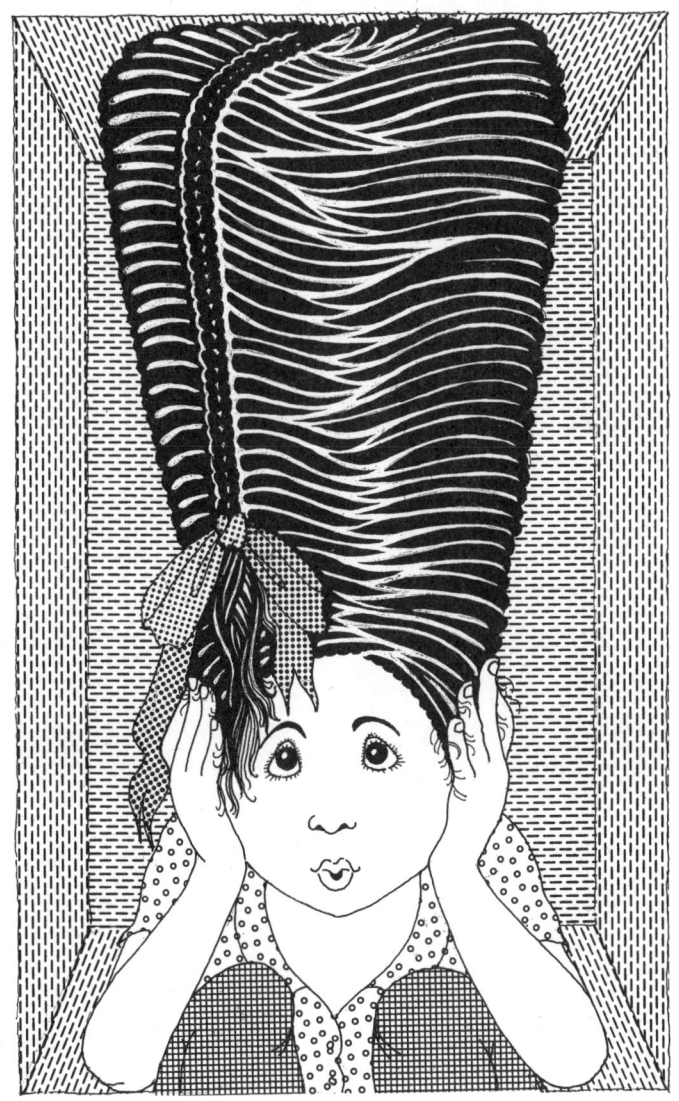

Num instante, Margarida saiu para a rua, descendo os três andares pela escada, seguida pela trança. Seus amiguinhos já estavam esperando, todos eles de avental branco.

Margarida montou na bicicleta e rumou para a escola... E atrás dela foram os amiguinhos em fila, carregando a trança:

Sebastião ia de triciclo.

Carlinho ia de *kart*.

Gustavo, de bicicleta.

Cristina, de patinete.

Pilar, de *skate*.

Anibal, de carrinho.

Matias ia correndo.

Sônia ia de carriola, empurrada por Dario e Fernando. Finalmente, Betina ia de patins, segurando no grande laço florido e deixando-se arrastar pelos outros...

Que festa!

Como eles se divertiram na escola!

No recreio, a trança de Margarida servia para pular corda, fazer caracol, formar barreiras sobre as lajes do pátio... e até para pendurar um pouquinho no sol a roupa que a porteira tinha acabado de lavar!

Margarida estava muito feliz!...

Quando chegaram as férias, seus pais resolveram fazer uma viagem de navio.

— Vamos ter que cortar o seu cabelo! — voltou a insistir a irmã mais velha.

— Bem curto! — acrescentou a do meio, já indo buscar a tesoura.

Mais uma vez Margarida teve uma idéia, e não foi preciso cortar seu cabelo.

Durante a viagem de navio, deixou a trança cair na água, pela amurada. E a trança formou um caminho escuro no rio...

Dizem que no fim da viagem, quando a tiraram da água, veio cheia de peixinhos presos no laço!

Lá na margem, como os pescadores aplaudiram!

Ah... Vocês estão achando que Margarida cortou o cabelo?

Não, não, mil vezes não. Nem mesmo aparou as pontas.

Agora sua trança preta dá a volta em dois quarteirões e, às vezes, continua sendo um retalhinho da própria noite, bordado de vaga-lumes... ou uma nuvem escura, sobre a qual o vento sopra passarinhos, libélulas, borboletas, gafanhotos e joaninhas... ou simplesmente uma trança, uma trança muito comprida...

Pablo

*Homenagem a Pablo Neruda,
poeta chileno falecido
em 1973.*

O povoado se chamava...

Plano e poeirento, de frente para o mar, era uma faixa de areia e pedra escura.

Naquela manhã de primavera, seus habitantes saíram de casa como sempre, sem notar nada de diferente.

Ao meio-dia, as pessoas se apinharam no mercado do porto, como tantas outras vezes.

Aquilo aconteceu à tarde. O apito de um trem passando ao longe foi o som que marcou o início. Naquele instante, os pescadores ficaram de boca aberta, bem no momento em que cantavam recolhendo as redes. E de suas bocas não saiu mais nenhuma palavra. O mesmo aconteceu com os vendedores do mercado...

com as mulheres em suas cozinhas...

com os velhos em suas cadeiras...

com os estudantes em suas aulas...

com as crianças pequenas em suas brincadeiras...

Por mais que tentassem, ninguém conseguiu dizer uma sílaba. Os rostos se contorceram, surpresos, uma vez, outra vez. Foi inútil.

O silêncio era um poncho aberto escurecendo o povoado. O que estava acontecendo?

De repente, viram cinco, dez, quarenta, cem, duas mil palavras saírem de suas bocas silenciosas e saltarem no ar, tomando formas estranhas. E foram atrás delas, amontoando-se numa carreira desordenada, sem saber para onde os levaria o rumo que elas tomavam.

Alguns seguiram a palavra "mar", maravilhados com aquelas três letras verdes ondulando na tarde...

Outros preferiram ir atrás da palavra "sol", dividida em gomos de uma laranja enorme...

Outros ainda se decidiram pela palavra "caracol"... ou "vento"... ou "tear"... ou "borboleta"... ou "cebola"... ou "vinho"... ou...

Mas a que reuniu maior número de caminhantes foi a palavra "paz". Essa sim, era deslumbrante, com seu amplo z aberto como a cauda de um pavão real...

Não foi possível seguir todas elas. As palavras eram tantas, tantas, que muitas tiveram que voar sozinhas, esbarrando umas nas outras em seu afã de chegar primeiro a... aonde?

Logo souberam. As pessoas detiveram seus passos diante de uma casa grande, olhando surpresas como pela chaminé, pelas janelas, por portas e fechaduras, todas as palavras se precipitavam transformadas numa fantástica chuva de letras.

Choveu durante muito tempo.

Então todos entenderam o que havia acontecido e um tremor os uniu. Aquela era a casa de Pablo, o poeta, irmão do amor e da madeira, amigo de guarda-chuva e flores, caminheiro de cais e de invernos, timoneiro do veleiro dos pobres, voz de tristes, de pedras e esquecidos...

Aquela era a casa de Pablo, que acabava de morrer...

As palavras tinham perdido seu anjo-da-guarda, seu domador, seu pai, seu semeador...

Elas o sabiam... Por isso tinham ouvido seu adeus antes de todos e tinham saído em cortejo, para beijar aquela boca que não voltaria a cantá-las...

PAS
PAS

A noite ainda não se animava a começar quando parou de chover. Naquele instante, uma menina desconhecida saiu da casa de Pablo.

Seu vestido branco foi um ponto de açúcar luminoso na escuridão. Seu cabelo em chamas se abriu em tochas em torno de sua cabeça.

Então gritou "vida!" e as pessoas daquele povoado que se chamava... interceptaram a palavra em movimento e gritaram com ela "vida!".

Então ela gritou "terra!" e um brado em coro fendeu a noite: "terra!". E gritou "ar!"... e "água!"... e "fogo!"... ao mesmo tempo que de suas mãos saíam todas as palavras de Pablo, mágicas uvas que repartiu entre os que estavam aglomerados à sua volta.

E aquelas uvas se uniram novamente em cachos verdes...

E os versos de Pablo se repetiram uma vez e mais outra...

E continuaram sendo cantados uma vez e mais outra...

E retumbaram como tambores em escolas e carpintarias, em bosques e meio-dias, em trens e travessas, em ruínas e naufrágios, em eclipses e sonhos, em alegrias e cinzas, em ondas e violões, em agoras e amanhãs... uma vez e mais outra... uma vez e mais outra... uma vez e mais outra... uma vez e mais outra...

Quando os espelhos falam

Tio Gustavo me puxou pelas tranças e depois me fez girar ao seu redor me segurando por um braço e uma perna. Esse é o jeito de me mostrar seu carinho quando passamos muitos dias sem nos ver. Como aquela tarde em que voltei das minhas férias, por exemplo.

— Menina! Finalmente de volta! — ele me disse, contente. — Estou com um grande problema, com meus dois espelhos... espero que você me ajude a resolvê-lo...

Sem me dar tempo para desfazer minha bagagem, ele me levou até seu quarto.

— O que está acontecendo com seus espelhos, tio?

— Estão desregulados... — ele afirmou, preocupado. — Um está atrasando, o outro adiantando.

— Como os relógios?

— Justamente. Mas nenhum relojoeiro conseguiu consertá-los... Veja só... Vamos nos olhar neste... — e, me pegando pela mão, meu tio andou até ficarmos na frente de um dos grandes espelhos colocados nas paredes do quarto dele.

— Este... é o que está atrasando! — gritei maravilhada, ao descobrir a imagem de uma menininha de chupeta, agarrada na mão de um rapaz de cabelo claro e abundante. Meu tio Gustavo e eu, refletidos como éramos vários anos antes!

— E esta árvore em flor? — perguntei, mais surpresa ainda, apontando um carvalho denso que se refletia atrás de nós.

Enquanto abria as janelas para os galhos poderem estirar-se comodamente para a rua, meu tio explicou:

— A mesa e as cadeiras, menina. Antes de serem móveis, foram essa árvore que agora estamos vendo no espelho.

— ... Que atraso! — ainda acrescentei, antes que duas ovelhinhas viessem triscar, mimosas, em volta de mim.

— Ah, não! E essas ovelhas? — gemeu meu tio.

Rapidamente percebi de onde tinham saído.

— O tapete de lã! O tapete! — e por um momento brinquei com elas.

De repente, uma galinha preta aterrizou na minha cabeça, cacarejando inquieta.

— O espanador! — exclamou meu tio, desesperado. — Vou guardá-lo! E o tapete também! E a mesa! E as cadeiras! Meu quarto está se transformando numa granja! Está vendo quanta complicação me traz esse espelho atrasado?

Muito abalado, ele tentava colocar a mesa dentro do armário, quando peguei um lençol e cobri o espelho cuidadosamente. Meu tio respirou aliviado.

— Não sei o que eu faria sem esta sobrinha tão inteligente — e, carregando-me nos ombros, abandonou o quarto até o dia seguinte.

Não podia suportar, aquela tarde, a emoção de se ver refletido também no outro espelho desregulado!

Mas eu sim. Por isso, mal ele se ajeitou para cochilar na espreguiçadeira do jardim, voltei a seu quarto, na ponta dos pés. Estava muito curiosa para me olhar no espelho adiantado!

Pois bem, eu me olhei. Que susto! Eu era uma velhinha, em pé no meio de uma praça!

Como estava adiantado aquele espelho!

Saí correndo do quarto — quase sem fôlego! — e me joguei nos braços do meu tio. Ele acordou sobressaltado.

— Tio! Tio! Você tem que se mudar! No... no lugar desta casa vão... vão construir uma praça! E eu... eu sou muito velhinha... e uso birote... e... !

— Você é só uma menina deste tamanho... —

ele disse, roçando o ar com a mão esquerda. — E além do mais uma menina desobediente, que aproveitou meu sono para ir se olhar no espelho que está adiantado... Vamos sair para dar uma volta...

No dia seguinte, quando entrei no quarto do meu tio, ansiosa para me olhar de novo refletida nos espelhos desregulados, encontrei-os totalmente acertados. Em cada um eu me via exatamente como sou!

— Esse já não está atrasado... e aquele não está adiantado — comentou meu tio. — À noite descobri a causa dos defeitos e eu mesmo os consertei.

— Como? Como?

— Dei corda no que estava atrasando.

— E como você consertou o que estava adiantado?

— Ah... isso é segredo, menina — e, dando uma piscadela, ele foi comigo para a sala, para tomar café da manhã.

A Travessa do Ganso

A Travessa do Ganso era uma ruazinha muito estreita... Tão estreita que, quando os vizinhos de frente queriam se cumprimentar, era só esticar as mãos pela janela. Lá eram todos muito felizes, e eu não teria nada mais para contar se numa certa madrugada não tivesse chegado à Travessa do Ganso o senhor Álvaro Rueda.

Esse senhor parou o carro bem na entrada da travessa e tocou insistentemente a buzina, até acordar os moradores. Em cinco minutos estavam todos em volta do carro, entre sonolentos e assustados, perguntando o que estava acontecendo.

Álvaro Rueda, mostrando-lhes uma planta, anunciou a terrível notícia:

— Senhores moradores, sou o dono deste terreno. Lamento comunicar que na próxima semana a Travessa do Ganso vai desaparecer. Mandarei demolir todas as casas, pois construirei aqui um grande edifício para arquivar minha valiosa coleção de selos... Mudem-se o quanto antes — e, despedindo-se com várias buzinadas, deu a partida no carro e sumiu pela avenida.

Por um bom momento, os moradores da Travessa do Ganso não falaram, não choraram, nem se mexeram, tamanha era sua surpresa. Pareciam fantasmas desenhados pela lua, com suas camisolas se agitando com o vento do amanhecer.

Mais tarde, sentados na calçada, estudaram diversas maneiras de salvar a querida travessa:

1) Desobedecer ao senhor Rueda e ficar ali à força.

Mas essa solução era perigosa. E se Álvaro Rueda, furioso, mandasse lançar tratores sobre a travessa, sem se importar com nada? Não, nesse caso a perderiam irremediavelmente...

2) A Travessa do Ganso poderia ser enrolada como um tapete e transportada para outro lugar. Essa solução foi descartada.

— Não! Impossível! Os copos iam quebrar todos! As jarras e os vasos de vidro iam virar cacos! Como salvar os espelhos?

3) Poderiam contratar um feiticeiro da Índia para colocar a travessa sobre um tapete voador e levá-la a outra região, pelo ar.

Mas a Índia ficava longe dali... e a viagem de avião custava muito dinheiro...

Já estavam se dando por vencidos, resignando-se a perder sua querida ruazinha, quando o velho sr. Martim teve uma idéia sensacional:

— Viva! Achei a solução! Ouçam: vamos nos dividir em dois grupos; cada um vai segurar a travessa por uma ponta. Os da frente puxam a rua com toda a força, os de trás empurram com vigor. Assim, poderemos desgrudá-la e arrastá-la até encontrar um terreno livre para colocá-la de novo. A Travessa do Ganso não será destruída!

— Viva o sr. Martim! — gritaram todos os moradores, contentíssimos. E esperaram chegar a noite para executar seu plano.

Foi assim que, enquanto toda a cidade dormia, os habitantes da Travessa do Ganso a pegaram pelas pontas e começaram a mudança.

Desgrudá-la foi o que deu mais trabalho; arrastá-la não foi tão difícil.

A travessa se deixava levar como se deslizasse sobre uma pista encerada.

Logo chegaram à avenida, bastante larga para permitir a passagem da ruazinha... E lá foram eles — homens, mulheres e crianças —, arrastando a pitoresca travessa, como um maravilhoso teatrinho ambulante, com suas casinhas brancas e humildes balançando, com os lampiões piscando luzes amareladas, com os lençóis dançando nos varais dos terraços debaixo de um vilarejo de estrelas.

A manhã seguinte abriu suas cortinas e viu a Travessa do Ganso instalada no campo.

Ali, sobre a planície verde, eles a colocaram felizes.

Aquela noite fizeram uma grande festa, e os fogos de artifício estrelaram ainda mais a noite do campo.

Na semana seguinte, quando o senhor Álvaro Rueda chegou, seguido por um bando de operários dispostos a demolir a travessa, encontrou seu terreno completamente vazio.

— A ruela desapareceu! — conseguiu gritar, antes de cair desmaiado.

E ele nunca ficou sabendo que a generosidade do campo havia acolhido a travessa, ruazinha fundadora daquilo que, com o decorrer do tempo, acabou se transformando na fabulosa Aldeia do Ganso.

Neblina voadora

Não tinha coragem de contar para ninguém. Nem mesmo para Tina, que gostava tanto dela. Nem para Bimbo, o gato da vizinha. Como contar que estava aprendendo a voar? O que Tina ia dizer, se ficasse sabendo? Certamente exclamaria, espantada:

— Minha gata Neblina sabe voar! — então... pronto, sua mãe ia chamar o veterinário e...

E Bimbo? Será que ia acreditar? Não, ele era tão bobo... Só pensava em comer e ronronar... Nunca ia acreditar que ela era uma gata voadora. Impossível. Não podia contar para ninguém.

Assim Neblina guardou segredo.

Certa noite de verão, ela voou pela primeira vez. Um pouco antes, tinha ouvido as estrelas gritarem. Será que tinha ouvido mesmo? Talvez não... estava tão ansiosa, sem saber por quê... Ajeitou-se inquieta nos galhos da parreira, onde gostava de dormir, e olhou para baixo. De repente, deixou-se cair nas lajes do pátio, desbotadas pela luz suave da lua. Caiu delicadamente, com as patas bem esticadas e a cauda ondulando no vazio.

Voar sem asas! Era tão simples e bonito!

Não conseguia explicar por que não tinha feito antes!

Desde esse dia, Neblina passou a voar todas as noites, usando a parreira como pista de decolagem.

Seu corpinho cinzento se estendia no ar até alcançar as copas das árvores da calçada... o mastro da escola da frente... o cata-vento da fábrica... a torre da igreja...

Alto! Cada vez mais alto! Cada vez mais longe dos sonhos das pessoas... Cada vez mais perto dos sonhos da lua... Como era lindo ver tudo ali de cima! O ar morno do verão se rompia em serpentinas quando ela passava.

As ruas eram pequenas listras escuras com fósforos acesos aqui e ali. Alto! Cada vez mais alto!

Até que uma noite... O céu crepitou em relâmpagos. As estrelas vestiram capuzes pretos e já não se podia vê-las... Uma chuva forte despencou sobre o verão...

Neblina voava distraída quando os primeiros pingos lhe molharam a cauda, o lombo, as patas, a cabecinha... Tina acordou em seu quarto, sacudida pelos trovões.

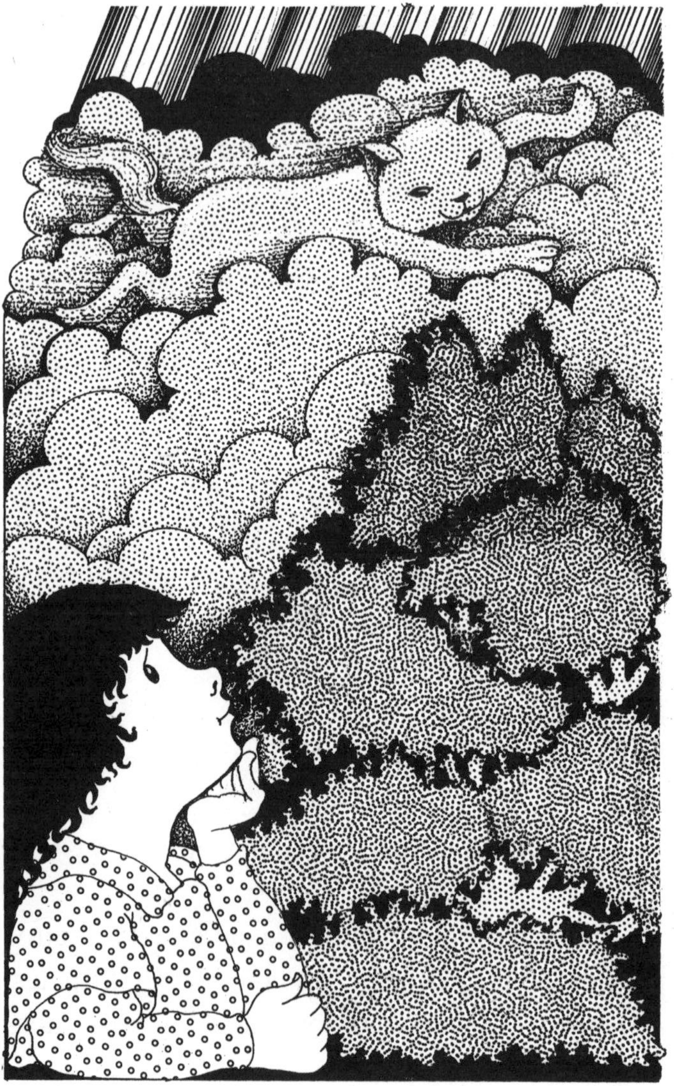

— Neblina! — pensou, preocupada. — Neblina está na parreira e vai se molhar! — e saiu correndo para o pátio.

Justamente nesse instante, sua gata planava para baixo da parreira, tentando aterrizar sobre as lajes.

Então ela viu, Tina a viu:

— Minha gata está voando! Minha gata está voando! Neblina é voadora! Que maravilha!

Num instante, seu pai e sua mãe estavam a seu lado:

— Mas, Tina, o que você está fazendo na chuva?

— Ah, Tina, sempre imaginando absurdos!

— Só as aves podem voar!

— Para a cama, menina, faz mal se molhar...

— Coitadinha da minha Tina, continua achando que a gatinha dela vai voltar... Vamos arranjar outra...

Tina não ouvia. Deixou-se levar para o quarto. Deixou-se abrigar em sua cama. Deixou-se beijar... e, assim que os pais voltaram a dormir, levantou-se e olhou pela janela.

Então viu Neblina passar, voando entre chuva e noite sobre as árvores, sobre os cata-ventos, sobre os telhados das últimas casas do quarteirão, sobre a torre da igreja — com a cauda ondulando no vazio —, até virar um pontinho de fumaça no horizonte.

Alto! Cada vez mais alto!

Desde então, nas noites de verão Tina leva sua cadeirinha de vime até a porta da casa e fica ali sentada. Fica olhando para longe, sem falar.

Os pais dizem que ela é uma menina muito imaginativa e, quando passam ao seu lado, acariciam o solzinho de seu cabelo...

Os vizinhos dizem que ela sonha acordada e contam que seus olhos claros são duas paisagens de chuva, embora as noites sejam mornas e luminosas...

Mas eu sei que Tina só está esperando a volta de sua gata e sei, também, que uma noite Neblina vai voltar, voando sobre os telhados, em busca da querida parreira que filtra a lua sobre o pátio... em busca da querida menina...

Enquanto isso, Tina espera e cresce.

No colo

Os Lande formavam uma boa família: papai Tomás, mamãe Clara, Tomasinho e os gêmeos.

Uma família parecida com qualquer outra, embora fosse diferente apenas por um detalhe, por um costume característico: os Lande gostavam de sentar um no colo do outro... Adoravam!

Na sala de jantar só tinham uma bonita cadeira de madeira. Para que mais? Papai Tomás a ocupava para tomar café da manhã, almoçar, tomar lanche ou jantar, e mamãe Clara sentava no colo dele... no colo da mamãe sentava o Tomasinho... no colo do Tomasinho sentavam os gêmeos: primeiro Xavier, depois Mônica.

Como era divertido vê-los passando um para o outro os pratos de comida! Eles partiam bem servidos da Mônica para o pai e os outros, sempre em ordem. Do papai Tomás voltavam vazios para a Mônica. Não deixavam cair nem uma migalhinha.

No jardim da casa deles só havia uma cadeira de balanço de ferro batido, bem reforçada, para suportar o peso dos cinco juntos.

E ali eles se balançavam nas noites de verão, enquanto papai, mamãe, Tomasinho e Xavier cantavam e Mônica tocava violão.

Assim, pois, quando estavam em casa não havia nenhum inconveniente em sentarem do jeito que bem entendessem... Mas a família Lande queria fazer o mesmo em todos os lugares!

Uma tarde, eles foram ao cinema. Papai Tomás comprou cinco ingressos... mas eles ocuparam só um assento!

Como de costume, sentaram um no colo do outro, e usaram os quatro assentos restantes para colocar os casacos, chapéus e cachecóis.

As pessoas que estavam atrás deles começaram a protestar, é claro.

— Não podemos ver o filme!

— Sentem separados!

— Socorro, há cinco loucos na sala!

Depois de dois minutos, o lanterninha estava iluminando a família Lande, que, sem dar atenção aos gritos das pessoas, continuava assistindo ao filme tranqüilamente.

O lanterninha, espantadíssimo, convidou-os a ocuparem os cinco assentos ou se retirarem imediatamente.

— Não, não e não! Não vamos sentar separados! — reclamou mamãe Clara.

— Eu paguei por cinco assentos, e tenho o direito de usá-los ou não! — acrescentou papai Tomás.

— Estamos confortáveis assim! — afirmaram os gêmeos, enquanto Tomasinho resmungava baixinho.

Mas o lanterninha não aceitou suas razões.

A família Lande abandonou o cinema, zangada.

— Sentar separados? Nunca!

Quando andavam de ônibus, metrô ou trem, acontecia a mesma coisa. A família Lande insistia em ocupar só um assento, sentando um no colo do outro.

Mônica, então, precisava inclinar a cabeça para não bater no teto durante o trajeto.

— Que mania! — comentavam as pessoas quando os viam. — É muito capricho!

Mas os Lande não se preocupavam com o falatório; eles eram felizes...

Certa noite, papai Tomás anunciou para a esposa:

— Vamos viajar para a Europa, Clara. Tenho que trabalhar lá durante um ano.

— Que sorte! — gritou Tomasinho. — Vamos viajar de avião!

— Viva! Viva! — aplaudiram os gêmeos.

E assim foi. A família Lande fez as malas e partiu para o aeroporto.

O grande problema se apresentou quando, já no avião, eles insistiram em sentar todos juntos, como de costume.

— De jeito nenhum, cavalheiro — a aeromoça explicou a papai Tomás. — Não é possível todos viajarem no seu colo.

— Cada um deve ocupar um assento e apertar o cinto de segurança para a decolagem — acrescentou o comissário de bordo, muito surpreso.

O vôo teve um atraso de uma hora, o tempo justo para convencer os Lande a se separarem. Os outros passageiros não sabiam se riam ou se ficavam indignados quando, finalmente, Mônica desceu da montanha de carne e ossos, seguida por Xavier, Tomasinho e mamãe Clara.

O avião decolou, levando-os sentados — pela primeira vez — cada um no seu lugar.

No início eles não conversaram, nem olharam as nuvens, nem aceitaram as coisas que a aeromoça lhes oferecia para comer... de tão mal-humorados que estavam.

Os gêmeos foram os primeiros a exclamar:

— Que viagem confortável!

Então Tomasinho se animou e disse:

— É mesmo, papai. Como é confortável o meu assento!

E mamãe Clara acrescentou, baixinho:

— Há anos eu não me sentia tão bem...

Mas papai Tomás nem os ouvia. Recostado em sua poltrona, dormia placidamente, com as pernas bem esticadas.

Assim os Lande perceberam que era mais cômodo, muito mais cômodo, sentar cada um numa cadeira, e foram abandonando — pouco a pouco — o estranho hábito de ocupar todos juntos o mesmo assento.

No entanto, alguém me contou que, na intimidade de sua casa, eles continuam sentando — de vez em quando — um no colo do outro...

Mas muito de vez em quando!

Conto gigante

Baseado no poema
O gigante de olhos azuis
de Nazim Hikmet

Era uma vez um homem que tinha o coração tão grande, tão imensamente grande, que seu corpo precisou crescer muito para contê-lo. Assim, ele se transformou em gigante. Esse gigante se chamava Bruno e vivia à beira-mar. A praia era o pátio de sua casa; o mar, sua banheira. Cada vez que as ondas o encerravam em seu abraço de água salgada, Bruno se sentia feliz.

Por um instante, ele já não via praia e céu: seu corpo era um enorme peixe de maiô, que se deixava arrastar até a praia.

A estação do ano de que Bruno mais gostava era o verão. Nela, seu pátio praiano — só e silencioso durante o resto do ano — voltava a ser visitado pelos turistas e a se encher de quiosques. Então, Bruno também se sentia menos sozinho.

No primeiro dia de um verão qualquer, Bruno conheceu Leila.

O gigante tinha acabado de sair do mar e caminhava distraído. Suas pegadas enormes ficavam desenhadas na areia. De vez em quando, Bruno virava a cabeça encaracolada para olhá-las.

De repente outros pés, uns pés muito pequenos, começaram a pisá-las, uma por uma...

Eram os pés de Leila, uma mulherzinha, uma mulherzinha pouco maior do que suas próprias pegadas.

Bruno se deteve, assombrado:

— Não tem medo de mim? — ele perguntou, curvando a cintura.

Leila — longa trança castanha amarrada por um laço — fingiu que não ouvia.

Bruno chegou um pouco mais perto:

— Por acaso você é surda? Perguntei se não tem medo — e a respiração do gigante agitou a vegetação das dunas.

A mulherzinha riu:

— Não. Por que haveria de ter medo? Você é tão bonito... A beleza não pode fazer mal...

Bruno estremeceu:

— Bonito, eu?

— É. Você é bonito. Acho lindo o metro de azul que você tem em cada olho...

No segundo dia daquele verão, Bruno se apaixonou por Leila.

— Quer se casar comigo? — ele se animou a perguntar, rompendo a timidez pela primeira vez na vida.

— Quero — respondeu ela. — Quero me casar com você — e se afastou, aos pulinhos.

No terceiro dia do verão, mal o cochilo acordou, Bruno correu para o mesmo lugar do encontro, procurando a longa trança castanha.

E a encontrou, muito ocupada, juntando mariscos num balde.

— Olá, Leila — ele disse, depois de observá-la por alguns segundos, em silêncio.
— Como vai, Bruno? — ela respondeu.

Desde aquela tarde, e até terminar o verão, o gigante e a mulherzinha se encontraram na praia todos os dias.

No último dia das férias, Bruno a pegou pela mão e a levou — de olhos fechados — para conhecer a casa que ele mesmo tinha construído de frente para o mar.

— Pode abrir os olhos, Leila — disse ele, depois de caminhar um longo trecho pela praia. — Esta será a nossa casa; vamos morar aqui quando nos casarmos... — e o enorme coração de Bruno fez sua camisa se agitar, tanto ou mais do que o vento...

A primeira coisa que Leila viu foi o rodapé, que lhe chegava aos joelhos...

Depois viu a porta, da qual nem alcançava a maçaneta...

Finalmente inclinou a cabecinha para trás e contemplou a casa inteira... Uma casa gigantesca de pedra ocupou sua atenção durante meia hora: o tempo necessário para vê-la de frente, com seus olhos pequeninos.

Porta de madeira, talhada com estranhos arabescos...

Vidraças com vidros azuis...

Uma cúpula lá no alto, muito longe da praia... muito perto das nuvens...

— Não gosto — gritou Leila, com sua vozinha estridente. — Não gosto!

— Mas você ainda não a viu por dentro... — disse o gigante, um pouco triste. E, tomando-a nos braços, transpôs a entrada e levou Leila para dentro da casa.

Mal pisaram no tapete do vestíbulo, Leila protestou:

— E essas escadas? Para que tanta escada? Esta casa não tem elevador? Está pensando que vou passar o dia subindo escadas?

— Mas por essa escada você vai poder alcançar o verão... — explicou Bruno, gaguejando. — Esta outra leva ao terraço... Dali vamos ver o sol se afogar no mar todas as tardes... Aquela sobe até a noite de Natal... Você vai poder pendurar suas meias sempre que desejar... aquela leva a um jardim ao ar livre... Lá você terá tudo o que quiser, para encher as mãos... Aquela outra...

— Não, não e não, três vezes não! — exclamou Leila, sapateando. — Não gosto desta casa! Quero uma casinha pequena, bem pequenina, com cortinas de cretone e vasinhos com malvas...

— Mas lá eu não caberia... — gemeu Bruno. — Não caberia...

— Você poderia pôr a cabeça para fora pela chaminé! — afirmou Leila, furiosa. — E deixar a barba cair pelo telhado... e esticar os braços pelas janelas... e deslizar uma perna pela porta e dobrar a outra... e...

Não... Bruno era um gigante. E aquela mulherzinha não sabia que o coração de um gigante não cabe numa casa pequenina... Um gigante faz todas as coisas "gigantemente"... Até seus sonhos são gigantes... Não cabem em casinhas pequenas... Não cabem...

— Adeus, Bruno — ela disse então. — Não posso me casar com você.

E, aos pulinhos, ela foi embora.

Na semana seguinte, Leila se casou com um homenzinho da altura dela, e desde então vive feliz numa casinha da cidade, com cortina de cretone e vasinhos cheios de malvas.

E Bruno? Pois Bruno continua lá, junto do mar.

Sabe que num outro verão qualquer haverá de encontrar uma mulherzinha capaz de entender que seu coração gigante precisa de muito espaço para bater feliz.

E com ela estreará então todas as escadas da casa de pedra...

E com ela dançará na cúpula, ao ritmo da música marinha...

E com ela tocará, uma noite, a pele gelada das estrelas...

A madrasta

A mãe de Miguel e Susana tinha morrido quando eles eram muito pequenos. Quando aquilo aconteceu, Miguel tinha dois anos e Susana só um. Por isso, não podiam se lembrar dela. Desde então, eles moravam com a avó — uma senhora sempre vestida de preto — numa casa em que se tinha perdido o belo hábito de sorrir.

Todas as noites, Miguel e Susana tinham que beijar uma fotografia colocada numa grande moldura de prata:

— Essa é sua mãe, Miguel — dizia a avó, mostrando a foto. — Essa é sua mãe, Susana — ela repetia.

Algumas noites, enquanto o sono não ia buscá-los em suas camas, Miguel e Susana — pulando no colchão — pediam à avó:

— Vovó, conte uma história!

Então a avó contava aquelas velhas histórias, que quase todas as avós sabem de cor: *Branca de Neve e os sete anões... Cinderela... João e Maria...* Os dois ouviam em silêncio. Mas Susana chupava o polegar com toda força e Miguel se encolhia debaixo da colcha quando — em cada uma dessas histórias — aparecia a madrasta, uma mulher má como um bicho-papão, que maltratava crianças que não tinham mãe, justamente como eles dois.

Como eles ficavam alegres quando o sol chegava na manhã seguinte, com sua luz varrendo a noite e aquelas madrastas horríveis dos contos!

As crianças não eram felizes. Os coleguinhas do jardim-de-infância tinham uma mãe que podia cantar, pentear seus cabelos, preparar seu lanche, empurrar seus balanços na praça e assistir a todas as festas da escola, com os lábios pintados. Em compensação, a mãe dos dois era uma fotografia, um rosto bonito, de cabelo preto suavemente ondulado, mas só isso: uma fotografia, um cartão protegido por um vidro, perto do qual a avó colocava flores num vaso.

O pai das crianças trabalhava o dia todo e, quando chegava em casa, cansado mas querendo brincar um pouquinho com os filhos, eles já tinham adormecido enquanto o esperavam.

Nora, a babá, e Paulina, a arrumadeira, aproveitavam a ocasião para se queixar:

— Ah, patrão, Miguel é muito travesso. Na hora do almoço quebrou o prato de sopa e sujou toda a toalha — dizia Nora.

— Ele fez de propósito, patrão — interferia Paulina.

— Susana é mal educada — insistia a babá. — Hoje ela me respondeu com maus modos quando a mandei recolher os desenhos espalhados pelo chão do quarto.

— Miguel fez xixi na cama de novo — emendava a avó. — Não há meio de ele aprender que isso não se faz.

O pai escutava com atenção e pensava em como seus filhos seriam diferentes se a voz de uma mãe lhes ensinasse com firmeza e carinho como deviam se comportar.

Miguel e Susana esperavam o domingo como se fosse o Natal. Aquele dia o pai não trabalhava e era deles. Podia levá-los ao circo ou ao carrossel.

Nesse dia eles abriam caixas enormes e de dentro delas saíam ursos de pelúcia, cornetas, patins, bonecas, trenzinhos, xilofones...

No domingo o pai queria lhes dar todo o carinho guardado durante a semana no melhor bolsinho do seu peito.

Mas os brinquedos não adiantam nada quando não há uma mãe que ensine a brincar com eles... Os ursos de pelúcia não falam quando não há uma mãe para lhes dar um beijo e cobri-los toda noite antes de dormir... Os trenzinhos não funcionam quando não há uma mãe para tocar o apito e para conduzi-los até a terra dos duendes...

Por isso Miguel e Susana eram sérios, mal-humorados, estavam sempre brigando, esperneando e gritando "por causa de qualquer coisinha", como dizia a avó.

O pai pensava:

"Não é 'por causa de qualquer coisinha'... É por causa de uma coisa muito importante... Eles não têm a coisa mais linda que uma criança pode ter..."

E ele resolveu trazer para casa, para os dois, uma mãe. Mas uma mãe de verdade, que soubesse contar histórias, que lhes desse banho, que corresse rindo sob o sol do jardim, que chorasse com eles quando o gato ficasse doente ou quando perdessem a tartaruga...

E, por sorte, ele a encontrou.

Miguel e Susana a viram chegar uma tarde, em visita, com seu vestido lilás e o cabelo claro roçando-lhe os ombros. Parecia uma menina, de tão jovem, e soube brincar tão bem que os dois ficaram encantados com ela.

— Posso chamar você de "mamãe"? — Miguel perguntou um sábado, no parque, enquanto Susana limpava os dedos melados de bala na barra do seu vestido lilás.

A partir desse momento, Miguel e Susana tiveram uma mãe como todas as outras crianças e — pouco a pouco — foram se esquecendo de beijar o retrato.

Agora o pai usava gravatas coloridas e voltava para casa sorrindo, mas sem presentes, porque as crianças estavam aprendendo a usar com alegria cada brinquedo do monte que abarrotava a estante do quarto de dormir.

Como era bonito o som do xilofone!

Quantas cores diferentes tinha o quebra-cabeça!

Como era suave o pêlo do ursinho panda! Até pareciam outros brinquedos! A babá e a arrumadeira fizeram as malas e foram trabalhar em outra casa. Miguel e Susana já não precisavam delas.

Desde então, cada vez que a avó lhes contava a história da Branca de Neve, a história da Cinderela ou a história de João e Maria, nas quais aparecia uma madrasta terrivelmente má, feia e resmungona, Miguel e Susana diziam, rindo:

— Ora, vovó, você ainda não percebeu que essas histórias são mentirosas?

Claro, Miguel e Susana sabiam que tinham encontrado uma madrasta de carne e osso, que não tinha saído daqueles velhos contos, escritos para assustar as crianças. Uma madrasta que era sua mãe de verdade; porque mãe é quem gosta de nós, quem cuida de nós quando estamos com gripe, que nos ensina a fazer a letra a e o número um... e a jovem de vestido lilás era tudo isso e muito mais.

Miguel e Susana iam felizes ao jardim-de-infância. Nas festas da escola, procuravam sua mãe entre os convidados, e lá estava ela, sorridente ou séria, com os lábios pintados ou com o rosto lavado, com o cabelo preso ou solto, como todas as mães do mundo.

O ano verde

Aparecendo todo dia primeiro de janeiro na torre de seu palácio, o poderoso rei saúda seu povo reunido na praça principal. Como da torre até a praça há aproximadamente setecentos metros, o soberano não pode ver os pés descalços de sua gente.

Também não pode ouvir suas queixas (e isso não acontece por causa da distância, mas simplesmente porque ele é surdo...).

— Feliz Ano Novo! Que o céu lhes envie muitas bênçãos! — ele grita entusiasmado, e todas as cabeças se levantam para o inatingível azul salpicado de nuvenzinhas, esperando inutilmente que caia pelo menos uma das tais bênçãos...

— No ano verde serão todos felizes! Eu prometo! — acrescenta o rei, antes de desaparecer até o primeiro de janeiro seguinte.

— O ano verde... — repetem lá embaixo os habitantes do povoado, antes de voltarem para suas casas. — O ano verde...

Mas todo ano novo chega com o vermelho dos fogos de artifício disparados da torre do palácio... com o azul das telas bordadas para reno-

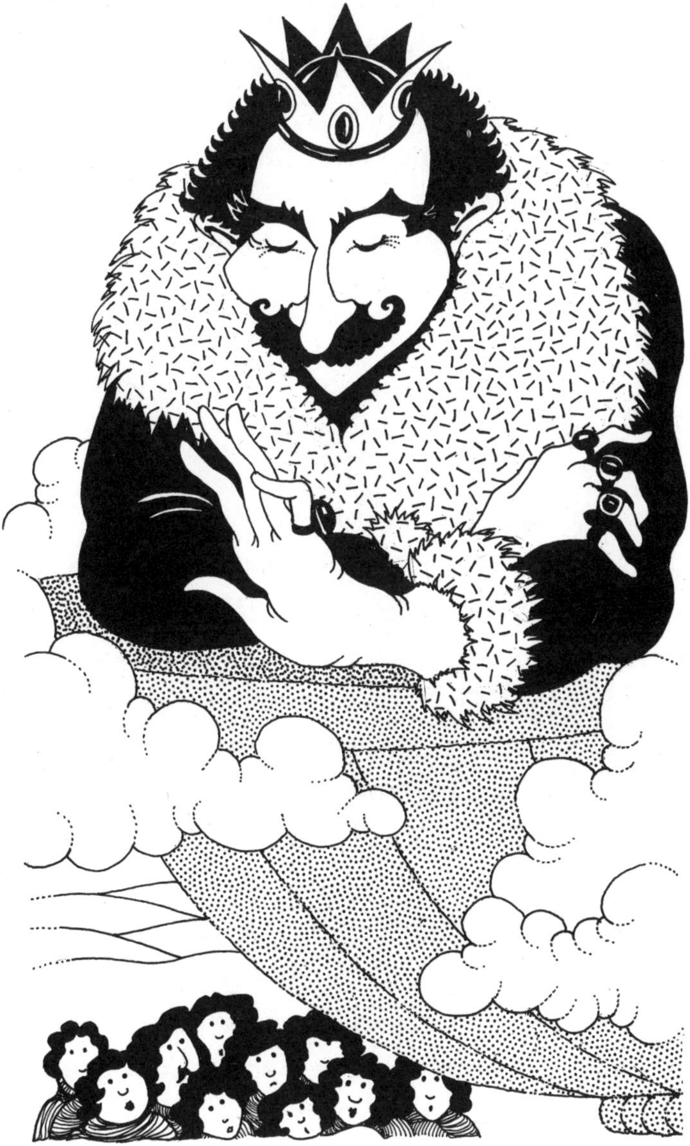

var as três mil cortinas de suas janelas... com o branco dos arminhos criados para confeccionar as suntuosas capas do rei... com o preto dos couros curtidos para fabricar seus duzentos pares de sapatos... com o amarelo das espigas que os camponeses semeiam para amassar — mais tarde — pães que eles nunca irão comer...

Todo ano novo chega com as mesmas cores de sempre... E os pés continuam descalços... E o rei, surdo.

Até que, na última semana de um certo mês de dezembro, um rapaz pega uma lata de tinta verde e um pincel. Primeiro pinta a fachada de sua casa, depois continua com a parede do vizinho, estirando a cor até tingir todas as paredes de seu quarteirão, e a calçada, e a sarjeta...

— O ar está cheirando a verde! Se nós todos sonharmos juntos, se quisermos, o ano verde será o próximo!

E o povoado inteiro, como se de repente um vento forte o impelisse como uma densa folhagem, sai para pintar até o último canto escondido. E a imensa folhagem verde se dirige depois para a praça principal, festejando a chegada do ano verde. E todos correm com seus pincéis impregnados de tinta para pintar o palácio por fora e por dentro. E lá dentro está o rei, que também é totalmente pintado. E lá dentro estão os tambores da guarda real, que pela primeira vez batem alegremente, anunciando a chegada do ano verde.

— Que chegou para ficar! — gritam todos em coro, enquanto o rei foge para um longínquo país descorado.

Aquele mês de janeiro chove torrencialmente. A chuva descora o povoado e todo o verde cai no rio, que o leva para o mar, talvez para tingir outras costas... Mas eles sabem que nenhuma chuva será tão poderosa para descorar o verde de seus corações, definitivamente verdes. Bem verdes, como os anos que — todos juntos — hão de construir dia após dia.

Onde se contam as façanhas do Come-sol

Ele era chamado de "o Come-sol" porque parecia alimentar-se de sol cru. Adorava ficar deitado de barriguinha para cima sob os raios mais intensos de sol, e seu focinho se esticava numa espécie de sorriso. Seu corpo era todo cor-de-laranja, quase também um solzinho, mas um solzinho que miava...

Os gigantes duas-pernas-compridas o tinham abandonado num terreno baldio e desde então ele vivia ali, pequeno tigre de cidade, vadiando entre garrafas, latas, entulho e arbustos, como se fosse a sua selva.

Não mantinha relações com os outros gatos do terreno baldio, que eram muitos. E, como sempre o viam esparramado ao sol com seu enigmático sorriso, deitado de costas, sem fazer outra coisa além de tomar "banhos de sol", chegaram à conclusão de que era bobo.

— Deve estar com o cérebro seco de tanto ensolará-lo...

— Decerto seus miolos torraram...

— Vai acabar virando gato assado... — diziam divertidos, enquanto o Come-sol os via rondá-lo, sem lhes dar importância.

"Nem cérebro seco, nem miolos tostados, nem gato assado — pensava — eles vão ver quem sou quando eu terminar de inventar meu aparelho fantástico..." E continuava de barriga para cima, sozinho e calado, enquanto seu corpo se mantinha imóvel, mas seu pensamento não. Se os outros gatos pudessem dar uma espiada dentro de sua cabeça, ficariam preocupados: números, cálculos, linhas, desenhos e, acima de tudo, um sol imaginado caindo a pino dentro de um estranho funil.

Bobo?

Vivo!

Ele planejava construir um furta-sol. O aparelho projetado ia atrair os raios solares, do mesmo modo que os pára-raios engolem os raios produzidos pelas tempestades.

Vivo?

Vivíssimo!

Seu furta-sol lhe permitiria se apropriar de toda a luz do sol que coubesse ao terreno baldio. Os raios solares inteiros seriam absorvidos pelo incrível aparelho, e então...

Então aconteceria justamente o que aconteceu. Achando que ele fosse bobo, certa manhã os outros gatos deixaram que ele instalasse seu estranho artefato. Até seguraram para ele parafusos e fios, imaginando que fosse um velho funil grandão para ser usado como escorregador...

Mas... assim que foi instalado e colocado em funcionamento... zuuuum... o terreno baldio mergulhou na mais densa escuridão. Um único cone de luz se lançava sobre o aparelho.

Desorientados entre as sombras, todos olhavam a luz do dia escorregando pelo funil e batendo além dos limites do terreno baldio. Nas paredes dos altos edifícios ao lado, por exemplo... No muro da frente... Em cima das copas das árvores da calçada...

O dia em todos os lugares, menos em seu território.

Enquanto isso, o Come-sol trabalhava ativamente, enchendo barris com os raios de sol que sua máquina caçava.

Os tonéis se empilharam em algumas horas. Só então os outros gatos foram percebendo quais eram as intenções do cor-de-laranja. Tarde demais.

Uma cerca de arame farpado rodeava o furta-sol e os barris, e lá de dentro, comodamente instalado numa cabine, o Come-sol lançava as vendas de seu produto singular:

— Um barril de sol por mil pesos! Um barril de sol por mil pesos!

Até aquele momento o sol tinha pertencido a todos igualmente. Como o ar. E ninguém — exceto o Come-sol — tinha tido a idéia de se apossar de uma coisa que, por direito natural, era de todos.

Mas aquela manhã os gatos do terreno baldio estavam começando a sofrer desabastecimento de sol sobre seu território.

Mudar para outro lugar? Nunca. Nem sonhar. Estavam enraizados naquele lugar. Além disso, onde encontrariam espaço suficiente para tantos gatos? Por outro lado, por que haveriam de ir embora? Não era justa a atitude do Come-sol de se apropriar do astro brilhante como se fosse dele...

O que fazer?

Para começar, decidiram ficar no terreno baldio.

Agüentar sem comprar nada. Mas, desesperados por causa do frio e da escuridão, logo alguns correram para comprar barris de sol. Depois outros. E outros. E outros.

O Come-sol se enriquecia a olhos vistos. A escassez de sol permitia que ele aumentasse o preço de seu produto cada vez mais... mais... mais...

Até que para os outros gatos tornou-se impossível comprar até mesmo meio barril.

O terreno baldio começou então a gelar em volta da loja do Come-sol, que — muito satisfeito com tudo o que tinha ganho — toda manhã abria vários barris sobre sua cabeça e esbanjava sol diante de seus companheiros, congelados até a ponta do rabo.

A situação tinha chegado a um ponto insuportável. Ou faziam alguma coisa para mudar, ou suas vidas correriam sério perigo.

Tiritando, um grupo resolveu convocar uma assembléia geral.

— Brrreunião de brremergência! — eles miaram através de um alto-falante.

Patinavam às cegas sobre o gelo que cobria o terreno baldio, trombavam na escuridão que o tapava, não sabiam qual podia ser a solução... mas assistiam à assembléia com vontade de encontrá-la, e isso já era muito importante.

— Minha brrroposta é brrrirmos embrrrora... — disse um.

Um coro de miados de protesto derrubou sua proposta. (Irmos embora? Que absurdo! Por que perder nosso território?)

— Brrroponho que brrrum de nós ataque o Come-sol... — disse outro. E outro miado de protesto percorreu as sombras (Só um contra tanto poder? Que loucura! Seria como atravessar com pernas de pau um desfile de cães da polícia!)

— Cobrrragem, companheiros, cobrrragem... — exclamou por fim o mais jovem de todos os gatos. — Brror que não todos juntos?

— Brrreunidos ou congelados! — e aí todos entraram em acordo quanto à maneira de enfrentar o Come-sol.

Assim — horas depois e quando também era noite em volta do terreno baldio — um grupo armado de tenazes se aproximou sorrateiramente da cerca de arame que protegia o furta-sol. Ao mesmo tempo, outro grupo se preparava para destruir o aparelho e um último grupo tecia a todo vapor a rede "furta-gato".

O calor da luta aplacava o frio.

De repente, rompida a cerca, miado geral, ordem de "Agora!" e o Come-sol de patas amarradas dentro da rede, ainda sem entender o que tinha acontecido.

Vivo?

Bobo!

Nunca tinha imaginado que todos os outros poderiam se unir contra ele. Juntos. Juntos.

E juntos eles abriram os barris de sol que se empilhavam, quase formando uma montanha.

E juntos despedaçaram o furta-sol.

E juntos ronronaram diante do espetáculo maravilhoso: solto o sol dos barris e somado ao que naquele instante surgia sobre o terreno baldio, uma luz deslumbrante o invadiu inteiro. O dia mais luminoso de todos os que eles já tinham vivido começava a amanhecer e a derreter o gelo antigo. Um dia explodindo em luz, do mesmo modo que seus olhos, novamente livres. Do mesmo modo que o sol, que a partir daquela manhã voltou a ser compartilhado por todos.

Sim. Por todos. Porque o Come-sol — depois de uma prisão merecida na escuridão de uma cova construída no terreno baldio (tempo durante o qual ele foi alimentado com sol em conta-gotas) — entendeu. Para sua sorte, o egoísmo gelado que havia dentro dele derreteu aos pouquinhos e — aos pouquinhos — ele voltou a vadiar entre garrafas, entulho e arbustos do terreno baldio junto com seus companheiros.

Pontual e indiferente, lá em cima o sol continuava saltando.

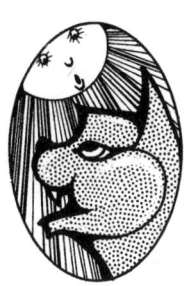

Potranca negra

Na fazenda do padrinho Ernesto, onde estou passando as férias, há muitos potrinhos... mas nenhum como a minha potranca negra!

Quando os arados vão adormecer seu cansaço, ela me aparece de repente, lambendo o entardecer como se fosse a água dos bebedouros.

É arisca. Não vem quando eu chamo, mas quando ela quer, despenteando os juncos com sua crina comprida. Suas pegadas vão escurecendo os caminhos de barro.

Espero até todo o mundo das casas se deitar e abro as janelas do meu quarto para olhá-la: vejo-a trotando sobre moitas e pastos, escapulindo entre os cardos, saltando as cercas...

Potranca desenfreada! Ela galopa sobre o campo ou sobre os telhados, esfriando o ar com seu bafo. Seus cascos batem nas portas e sua cauda açoita moinhos e chaminés. Escuto o roçar de sua manta enganchando nos postes, enquanto lança negrura por todo lado.

Às vezes, relincha para a lua; outras, leva-a na garupa para distribuir sua luz por lagoas e charcos.

101

Potranca selvagem! Impossível cavalgar em seu lombo! Mas eu posso tocá-la quando apago minha lâmpada: nesse momento ela se aproxima mansinha e eu a acaricio. Ela me olha da escuridão com seus olhos enormes e eu a contemplo em silêncio, até os galos abrirem a madrugada e a manhãzinha começar a erguer seu cometa de sol...

Então minha potranca foge, recortando as sombras...

Mais tarde, enquanto lhe preparo um mate, padrinho Ernesto me diz que aquela de quem tanto gosto é *A Noite* e promete me dar de presente uma egüinha cor de pêssego, para eu não continuar imaginando tolices... Sorrio e me calo... O padrinho deve estar com ciúme: ele tem muitos potrinhos... mas nenhum como a minha potranca negra!

A casa-árvore

A casa em que meus dois irmãos e eu crescemos era tão parecida com uma árvore quanto se possa imaginar. Para ser sincera, devo dizer que era uma árvore. Foi papai quem a construiu, erguendo-a sobre raízes sólidas, colocando com esmero galho por galho, colando folha por folha durante o último mês de uma certa primavera.

Quando ficou pronta, os comentários dos vizinhos agitaram sua folhagem de tal modo que — durante vários dias — não pudemos morar nela: uma tempestade de murmúrios a fazia vergar numa estranha reverência...

— Mas o que o sr. Carlos fez? Não é uma casa! Que absurdo! É uma árvore!

Papai sorria em silêncio. Seus olhos, lindos caleidoscópios, passaram de celestes a cinzentos, de cinzentos a roxos, de roxos a verdes.

Bem verdes. Como nossa casa-árvore.

— A mais bonita! — afirmou papai, lá de baixo.

E nos convidou a contemplá-la até que chegasse a noite. Então, nós a ocupamos felizes. Não foi preciso contratar os serviços de nenhuma

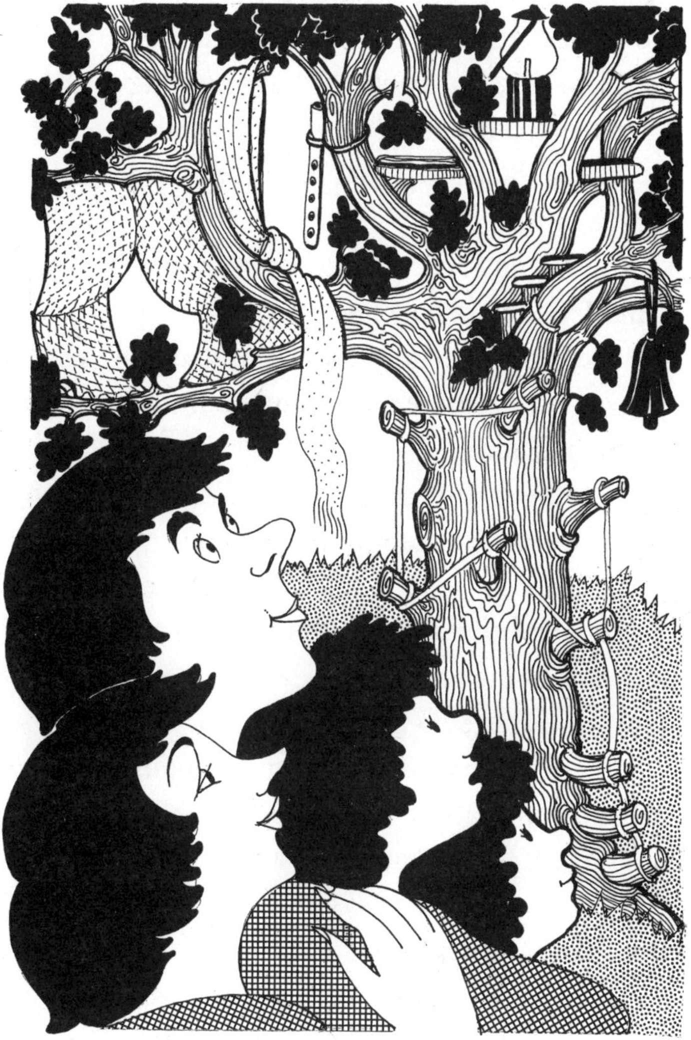

empresa de mudanças para transportar nossos pertences. Tínhamos muito pouca coisa...

Um sino, que papai carregou nos braços como uma menina desmaiada...

Uma lanterna, com sua luzinha protegida pela mamãe...

Um xale branco muito comprido, que minha irmã Trudi enrolava cantando...

A flauta de Alejo e três ou quatro livros de poesia, presos entre meu cinto e o fraco contorno do meu quadril.

Logo aprendemos a subir até a copa, saltando de galho em galho com extrema facilidade, sem rasgar as leves cortinas que as aranhas nos teceram imediatamente, descendo sempre que o sino nos anunciava a hora de comer e de repartir frutas e flores com pardais e vizinhos.

E a casa-árvore continuou subindo, subindo, sem se importar por não ter telhado e fechaduras, aberta ao ar de cada dia...

Ali eu passei minha infância.

Até que uma noite as raízes da nossa casa secaram ou adormeceram... sabe-se lá por que sim ou por que não... O inverno nos desalojou e tivemos que ir embora.

Meus pais e meus irmãos foram se acostumando a viver, como todos os outros, em sólidas casas de tijolos, em chalés graciosos ou apartamentos confortáveis, onde o ar ondula ao impulso de um condicionador e os mosquitos são pontos que tremulam do outro lado das vidraças. Mas eu não consegui. Meu olhar se perdeu entre os galhos de nossa querida casa, minhas risadas voaram com suas folhas e não consegui esquecer que cresci numa árvore.

As pessoas não notam. Nem quando, em vez de falar, solto um gorjeio para os que me ouvem... nem quando meu pio afônico substitui alguma gargalhada...

Nem quando me caem penas em vez de lágrimas...

Ninguém se espanta.

Ninguém sabe que sou um pássaro.

História com carícia

Ele não sabia o que era uma carícia. Nunca o tinham acariciado antes. Por isso, quando Changuito roçou sua plumagem junto da lagoa — alisando-a suavemente com a mão —, o quero-quero voou. Sua alegria era tanta que ele precisava de todo o ar para esparramá-la.

— Quero! Quero! Quero! Quero! Quero! Quero! — ele se afastou piando.

Changuito o viu desaparecer, surpreso. A tarde ficou sentada a seu lado sem entender nada.

— Hoje me acariciaram! A carícia é bonita! — continuava dizendo com seus quero-quero...

— Ei, quero-quero, venha cá! Quero saber o que é uma carícia! — gritou uma vaca ao ouvi-lo.

O quero-quero se deixou cair: um planador branco, preto e pardo, de topete gracioso, aterrizando perto da vaca...

— Isto é uma carícia... — disse-lhe o quero-quero, enquanto com a asa esquerda roçava várias vezes uma pata da vaca. — Gosto do seu couro, sabe? Não imaginava que fosse tão diferente da minha plumagem...

A vaca já não o escutava. Pasto e céu iam se misturando numa faixa verde-azul com cada passada de asa da ave. Nem sentia as moscas irritantes...

Com muitos e felizes muuu... muuu... ela se despediu então do quero-quero.

Estava andando ou flutuando?

Estava mugindo ou cantando?

Estava sonhando?

Não. Era tão certo quanto o sol do entardecer bocejando sobre o campo.

Era verdade: agora ela sabia o que era uma carícia...

Distraída, quase atropelou um tatu que descansava entre umas moitas.

— Cuidado, vaca! Não está vendo que quase pisou em mim? O que deu em você? Está doente?

"Esse tatu não pode entender... — pensou a vaca —, ele é tão bobo...", e continuou andando ou flutuando, mugindo ou cantando...

Mas o bichinho a seguiu curioso, arrastando-se lentamente sobre as patas.

Finalmente, a chamou:

— Ch... Chhh... Não vai me dizer o que está acontecendo com você?

Suspirando, a vaca resolveu contar:

— Hoje aprendi o que é uma carícia... estou muito contente...

— Uma carícia? — repetiu o tatu, tropeçando numa raiz. — Que gosto tem uma carícia?

A vaca mugiu divertida:

— Não, não é de comer... Chegue mais perto que vou mostrar... — e a vaca roçou com o rabo o pêlo duro e espesso do bichinho.

Sua couraça estremeceu. Ele também nunca tinha sido acariciado antes...

Então aquele contato tão lindo era uma carícia? Para disfarçar a emoção, cavou rapidamente um buraco na terra e se enfiou nele.

A noite já andava pelos pastos quando o tatu resolveu sair. A vaca tinha ido embora, deixando-lhe a carícia... A quem poderia dá-la?

De repente, um porco-espinho se espreguiçou na porta de sua toca. Era hora de sair para buscar alimento.

— Que azar o meu! — exclamou o tatu. — Encontrar justo você!

— Posso saber por que está dizendo essa bobagem? — grunhiu o porco-espinho, zangado.

— Pois... porque estou com vontade de dar uma carícia para alguém... mas com essas trinta mil farpas que você tem no corpo... vou me espetar...

— Uma carícia? — perguntou o roedor, muito interessado. — Acha que meus dentes têm força suficiente para mordê-la?

— Não, amigo, uma carícia não é uma madeira daquelas que você tanto aprecia... nem uma cana-de-açúcar... nem um torrãozinho de sal... Uma carícia é isto... — e, passando devagarinho sua carapaça na única parte sem espinhos da cabeça do porco-espinho, o tatu lhe deu o presente.

Que cócega percorreu sua pele! Um grunhido de alegria se levantou na noite. Sua primeira carícia...

— Não vá embora! Não vá embora! — ainda ouviu o tatu lhe gritar, rindo. Mas ele precisava ficar sozinho... Grunhindo feliz, enfiou-se na escuridão de um matagal.

A manhã o encontrou acordado, ainda sem tomar café da manhã, murmurando:

— Tenho uma carícia... Tenho uma carícia... A quem poderei dá-la? Ninguém vai aceitar... Eu tenho tantas farpas...

— Ficou louco? — disse-lhe uma perdiz.

— Bebeu demais! — afirmou uma lebre.

E as duas saíram correndo para não se espetar.

O porco-espinho se encolheu. Sua solidão de farpas o incomodava pela primeira vez...

Já era tarde quando o viu, recostado num tronco, perto da lagoa.

Changuito segurava com as pernas a vara de pescar. Um chapéu de palha cobria-lhe os olhos.

Estava cochilando...

O porco-espinho não pensou duas vezes e lá foi ele, levando-lhe sua carícia.

Por um momento, apertou o focinho contra o joelho de Chango, e depois fugiu — tremendo — para o oco de uma árvore.

O menino nem se mexeu, mas viu tudo por um buraquinho do chapéu.

— O porco-espinho me acariciou! — disse baixinho, olhando de soslaio seu joelho curtido. — Ninguém vai acreditar — e seu assobio de alegria ricocheteou na lagoa.

"Chango está cochilando?

Sorrindo?

Pescando ou assobiando?", perguntou a tarde.

E continuou sentada a seu lado, sem entender nada.

Impresso nas oficinas da
Gráfica Palas Athena